Tucholsky Wagner Zola Scott Sydow Freud Schlegel
Turgenev Wallace Fonatne
Twain Walther von der Vogelweide Fouqué Friedrich II. von Preußen
Weber Freiligrath Frey
Fechner Fichte Weiße Rose von Fallersleben Kant Ernst Frommel
Richthofen
Engels Fielding Hölderlin
Fehrs Faber Flaubert Eichendorff Tacitus Dumas
Eliasberg Ebner Eschenbach
Feuerbach Maximilian I. von Habsburg Fock Eliot Zweig Vergil
Ewald
Goethe Elisabeth von Österreich London
Mendelssohn Balzac Shakespeare
Lichtenberg Rathenau Dostojewski Ganghofer
Trackl Stevenson Doyle Gjellerup
Mommsen Tolstoi Hambruch
Thoma Lenz Droste-Hülshoff
Dach Verne von Arnim Hägele Humboldt
Reuter Hauff
Karrillon Garschin Rousseau Hagen Hauptmann Gautier
Damaschke Defoe Hebbel Baudelaire
Descartes
Hegel Kussmaul Herder
Wolfram von Eschenbach Dickens Schopenhauer
Darwin Rilke George
Bronner Melville Grimm Jerome
Campe Horváth Aristoteles Bebel Proust
Bismarck Vigny Voltaire Federer Herodot
Gengenbach Barlach Heine
Storm Casanova Tersteegen Grillparzer Georgy
Chamberlain Lessing Langbein Gilm Gryphius
Brentano Lafontaine
Strachwitz Claudius Schiller Kralik Iffland Sokrates
Katharina II. von Rußland Bellamy Schilling
Gerstäcker Raabe Gibbon Tschechow
Löns Hesse Hoffmann Gogol Wilde Vulpius
Luther Heym Hofmannsthal Klee Hölty Morgenstern Gleim
Roth Heyse Klopstock Puschkin Homer Kleist Goedicke
Luxemburg La Roche Horaz Mörike Musil
Machiavelli Musset Kierkegaard Kraft Kraus
Navarra Aurel
Nestroy Marie de France Lamprecht Kind Kirchhoff Hugo Moltke
Nietzsche Nansen Laotse Ipsen Liebknecht
Marx Lassalle Gorki Klett Ringelnatz
von Ossietzky May vom Stein Lawrence Leibniz Irving
Petalozzi Platon Knigge
Sachs Pückler Michelangelo Kock Kafka
Poe Liebermann Korolenko
de Sade Praetorius Mistral Zetkin

Der Verlag tradition aus Hamburg veröffentlicht in der Reihe **TREDITION CLASSICS** Werke aus mehr als zwei Jahrtausenden. Diese waren zu einem Großteil vergriffen oder nur noch antiquarisch erhältlich.

Symbolfigur für **TREDITION CLASSICS** ist Johannes Gutenberg (1400 — 1468), der Erfinder des Buchdrucks mit Metalllettern und der Druckerpresse.

Mit der Buchreihe **TREDITION CLASSICS** verfolgt tradition das Ziel, tausende Klassiker der Weltliteratur verschiedener Sprachen wieder als gedruckte Bücher aufzulegen – und das weltweit!

Die Buchreihe dient zur Bewahrung der Literatur und Förderung der Kultur. Sie trägt so dazu bei, dass viele tausend Werke nicht in Vergessenheit geraten.

Wie Heinrich von Eichenfels zur Erkenntnis Gottes kam

Christoph von Schmid

Impressum

Autor: Christoph von Schmid
Umschlagkonzept: toepferschumann, Berlin

Verlag: tradition GmbH, Hamburg
ISBN: 978-3-8424-1268-2
Printed in Germany

Erstes Kapitel.

Aufsicht über Kinder ein Engelsgeschäft.

Zu Anfang des vorigen Jahrhunderts lebten auf einem altertümlichen, aber sehr prächtigen Schlosse, nahe an einem großen Walde, Graf Friedrich und Gräfin Adelheid von Eichenfels. Ein zartes, wunderschönes Knäblein, Namens Heinrich, das sie unaussprechlich liebten, war ihr einziges Kind. Allein bevor das Kind noch den Namen *Vater* aussprechen konnte, mußte der edle Graf fort in den Krieg. Die fromme Gräfin blieb zurück auf dem Schlosse, und der einzige Trost über die Abwesenheit ihres Gemahls, die einzige Freude in ihrer stillen Einsamkeit war ihr geliebter, kleiner Heinrich. Sie hatte sich vorgenommen, ganz der Erziehung desselben zu leben, und ihr ganzes Herz sehnte sich nach dem seligen Augenblicke, da sie mit dem holden Knaben auf dem Arme ihrem teuren Gemahl würde entgegeneilen können.

Eines Abends saß die Gräfin mit ihrem Kinde auf dem Schoße in ihrem Zimmer. Margareta, das Kindermädchen, stand neben ihr und hielt dem Kinde, freundlich scherzend, einige frischgepflückte Blumen vor. Das Kind streckte lächelnd die kleinen Händchen danach aus, und auch die Mutter lächelte sehr vergnügt, und ergötzte sich an der Freude des Kindes. Da trat auf einmal ein Diener, der mit dem Grafen ins Feld gezogen war, herein, und brachte die traurige Nachricht, der Graf sei schwer verwundet, und verlange vor seinem Ende, das vielleicht nahe sei, seine Gemahlin noch zu sehen. Die Gräfin ward totenblaß und konnte mit ihren zitternden Händen das Kind fast nicht mehr halten. Der Bote machte, als er den Schrecken der Gräfin sah, einige Hoffnung, ihr Gemahl könne wohl noch davon kommen; indes konnte er doch nicht verhehlen, sie müsse Tag und Nacht ohne Aufhören fahren, wenn sie ihn noch sicher am Leben antreffen wolle. Die Gräfin entschloß sich, augenblicklich abzureisen. Sie benetzte ihr Kind mit heißen Thränen. »Du guter, kleiner Heinrich,« sagte sie, »ach du weißt noch nicht einmal, warum deine Mutter weint! Armes Kind, du verlierst deinen Vater, ohne ihn zu kennen! O, wie schmerzt es mich, daß ich dich auf dieser weiten beschwerlichen Reise in das Kriegslager nicht mitnehmen kann!«

»O Margareta,« rief sie, indem sie sich zu dem Mädchen wandte, »dir übergebe ich das Liebste, was ich hier zurück lasse. Habe doch recht acht auf das Kind! Laß es keinen Augenblick allein; auch nicht wenn es schläft. Verpflege es so sorgfältig, als wäre ich zugegen. Trage es an jedem schönen Tage, besonders des Morgens, in den Garten an die frische Luft. Singe ihm ein Liedchen vor, rede mit ihm; zeige ihm öfters Blumen und andere schöne Dinge. Laß dem Kleinen nichts in die Hand, das ihm gefährlich werden, womit er sich stechen oder das er verschlingen könnte. Am wenigsten wirst du dich unterstehen, ihm etwas zuleide zu thun, und ihm Zorn und Unwillen über seine kindliche Unbehilflichkeit empfinden zu lassen. Die Aufsicht über kleine Kinder ist ein Engelsgeschäft. Sei du dem Kinde ein guter Engel! – Die Beschließerin, der ich das ganze Haus übergebe, wird mir schon wieder erzählen, ob du alle meine Worte genau befolgt hast. Versprich es mir, diese meine letzten Ermahnungen nie außer acht zu lassen, damit ich wenigstens in diesem Stücke außer Sorge sein kann. Ich werde alle Stunden zählen, bis ich wieder zurück komme. Wenn du mir das Kind dann heiter und fröhlich in meine Arme zurückgeben wirst, so werde ich dich zu belohnen wissen. Auch werde ich dir etwas Schönes mitbringen, das dir gewiß Freude machen soll.«

Margareta versprach alles. Die Gräfin küßte das Kind, segnete es, und blickte mit nassen Augen, indem sie innerlich betete, lange zum Himmel, gab dann das Kind Margarete in die Arme, und stieg hierauf unter dem lauten Weinen und Jammern ihrer Dienerschaft in den Wagen, und fuhr noch bei einbrechender Nacht und heftigem Regen ab.

Zweites Kapitel.

Großes Unglück aus kleinem Ungehorsam.

Margareta war ein armes, verwaistes Landmädchen. Sie hatte ein kindlich frommes Gemüt, einen heitern, fröhlichen Sinn, und ein sehr liebliches, blühendes Aussehen. Deswegen hatte die Gräfin sie zur Wärterin des kleinen Heinrichs angenommen. Margareta, das gute, fromme Mädchen, befolgte alles, was die Gräfin ihr befohlen hatte, genau, und es verging keine Stunde, in der ihr die Ermahnungen der Gräfin nicht zu Sinne gekommen wären. Denn sie liebte die edle Frau als ihre größte Wohlthäterin, und hatte an dem holden Kinde die herzlichste Freude; ja sie ehrte in demselben schon ihren künftigen Grafen und Herrn.

Eines Tages saß Margareta neben dem schön geflochtenen Wiegenkorbe des schlafenden Kindes, und strickte. Sie hatte den Korb, der sich über dem Haupte des Kindes zierlich emporwölbte, mit Rosen geschmückt, damit dem Kinde sogleich bei dem Erwachen etwas Schönes in die Augen falle. Ein feiner weißer Flor schützte das Kind, damit keine Fliege es im Schlafe störe – und lieblicher und schöner als die frischen Rosen schienen die roten Wangen des schlafenden Kindes durch den zarten, durchsichtigen Flor.

Da kamen einige herumziehende Musikanten vor das Schloßthor und ließen sich da hören. Die Leute im Schlosse liefen alle zusammen und riefen die Musikanten herein in die untere Stube, um sich, weil die Herrschaft eben nicht zu Hause war, bei Musik und Tanz einen lustigen Nachmittag zu machen. Margareta hörte nichts lieber, als Musik; dennoch blieb sie, der Worte der Gräfin eingedenk, an dem Wiegenkorbe des schlafenden Kindes ruhig sitzen. Da kam Görge, der Gärtnerjunge, eilig in das Zimmer. »Gretchen,« rief er, »komm doch auch herab! Du glaubst nicht, wie lustig es zugeht. Solche prächtige Musik hab' ich noch nie gehört. Einer hat ein Hackbrett, und schlägt darauf zu, als wolle er's in Stücke zerschlagen. Ein kleiner Bube spielt Triangel, der auch nicht übel klingt, und ein großer dickbackiger Junge bläst das Posthorn dazu, daß einem beide Ohren klingen, fast lauter als der Triangel. Komm doch geschwind herunter!« Margareta sagte, sie dürfe das Kind keinen Augenblick verlassen. »Sei nur nicht so kindisch,« sagte der leichtsinnige Bursche. »Du wirst wohl nicht allein die Heilige machen wollen. Das Kind schläft ja, und du kannst ihm ja nicht schlafen helfen. Komm, komm, und zier' dich nicht so. In einem Viertelstündchen bist du wieder hier. Einen Reihen wirst du mir nicht abschlagen.« Margareta ließ, wiewohl mit klopfendem Herzen, sich bereden, und ging mit hinab. Sie hatte aber wenig Freude; eine große Angst kam sie an. Sie wollte gehen; allein die übrigen hielten sie auf. Zuletzt riß sie sich mit Gewalt los, und eilte zur Wiege des geliebten, ihr anvertrauten Kindes.

Aber – welches Entsetzen ergriff sie! Das Bettchen war leer; sie sah nichts mehr von dem Kinde. Sie faßte sich zwar, und tröstete sich mit der Hoffnung, es habe wohl nur jemand von den Leuten im Schlosse das Kind zum Scherze in ein anderes Bett gelegt, um sie zu erschrecken. Aber schon der Gedanke, die Gräfin könnte dieses inne werden, machte sie zittern. Sie eilte von Zimmer zu Zimmer – und sah nirgends etwas von dem Kinde. Eine wahre Todesangst ergriff sie. Sie eilte hinab, und rief unter die Tanzenden: »Der Graf ist nicht mehr in seinem Bettchen; wer von euch hat mich so erschreckt und das Kind hinweggenommen?« Niemand wußte etwas davon; kein Mensch war aus dem Zimmer gekommen. Alle hörten sogleich auf zu tanzen, und die Musikanten gingen fort, ohne das Trinkgeld abzuwarten. Alle, so viel ihrer in der Stube waren, eilten erschrocken hinauf; alles wurde durchsucht. Bald zeigte sich, daß außer dem Kinde noch allerlei Kostbarkeiten fehlten. Was konnte man anders denken, als das Kind sei geraubt worden!

Die allgemeine Lustbarkeit verwandelte sich nun in Weinen und Wehklagen. Es war ein Jammer, als träge man eine Leiche hinaus. »Ach Gott,« rief die Beschließerin lautweinend, »ach, die gute Gräfin! Wie wird es erst *ihr* sein, wenn sie *das* hört! Das ist *ihr* Tod.« Margareta aber wollte verzweifeln; sie wäre im ersten Anfall der schrecklichsten Verzweiflung fortgerannt, und vielleicht gar in den Fluß gesprungen, wenn man sie nicht aufgehalten hätte. »O du mein Gott,« rief sie mehrmals und voll des heftigsten Schmerzens, »wer hätte das geglaubt, daß ein so kleiner Ungehorsam so große, schreckliche Folgen haben könne!«

Drittes Kapitel.

Der größte Jammer einer guten Mutter.

Indem nun alle Leute aus dem Schlosse voll Schrecken und Verwirrung, weinend und jammernd, in dem Zimmer des Kindes beisammen waren; indem Margareta, halb wahnsinnig, scheu und verwildert aus ihren schwarzen Augen blickte, und mit zerrauften Haaren neben dem leeren Bettchen auf dem Boden saß, auf dem die Rosen, die den Wiegenkorb geschmückt hatten, zerstreut und zertreten umher lagen: da ging mit einem Male schnell die Zimmerthüre auf – und die Gräfin trat herein.

Die Wunde des Grafen war nicht so gefährlich, als es anfangs geschienen hatte. Sobald er sich außer aller Gefahr befand, hatte die Gräfin, auf Zureden des Grafen und aus eigenem Antriebe ihres mütterlichen Herzens, die Rückreise angetreten, um nur recht bald wieder bei ihrem lieben Kinde zu sein. Sie war nur aus der Kutsche gesprungen, und sogleich auf das Zimmer geeilt, wo sie den kleinen Liebling ihres Herzens zu umarmen hoffte.

Alle im Zimmer erschracken bei dem Anblicke der Gräfin. Margareta that einen lauten Schrei. »O Gott, sie *mir* und *ihr* gnädig!« rief sie. Die Gräfin sah die totenblassen Gesichter, die rotgeweinten Augen, Margaretens Verzweiflung, die leere Wiege mit Schrecken. Niemand wollte auf ihre Fragen antworten. Tausend bange Ahnungen, tausend schreckliche Gedanken zuckten gleich Blitzen durch ihre Seele. Sie zitterte für das Leben ihres Kindes. Als sie endlich die Geschichte halb erfuhr und halb erriet – da war es ihr, als brächen Himmel und Erde auf sie herein; sie sank in Ohnmacht und wäre zu Boden gefallen, wenn nicht alle herbeigeeilt wären, sie zu halten.

»O Gott, o Gott,« rief sie endlich jammernd, als sie wieder zur Besinnung gekommen war, »welch ein entsetzliches Leiden hast du mir auferlegt! Ach, mein Kind, mein Kind, mein liebstes Kind! O mein Gemahl, mein teuerster Gemahl, ach, diese Botschaft wird dir tiefere Wunden schlagen, als das Schwert der Feinde! – O du lieber, lieber, guter kleiner Heinrich, wo bist du wohl jetzt? In welche Hände bist du gefallen? O, wenn du von Räubern verführt werden und ohne Unterricht, ohne gute Sitten aufwachsen solltest – wie schrecklich wäre das? Ich kann nicht einmal daran denken! Ach, lieber weinte ich an deinem kleinen Grabe! O dann wärest du ein schöner Engel an Gottes Throne und ich hätte den Trost, dich dort einstens wieder zu sehen! Aber jetzt fehlt mir auch dieser einzige, dieser süßeste Trost! Ach, was kann, was wird unter solchen Menschen aus dir werden?«

»O Gott,« rief sie dann wieder, und fiel auf die Kniee nieder, und blickte mit gerungenen Händen weinend zum Himmel. »O guter Gott, du einziger Trost in allen Nöten! Mein Kind ist zwar meinen Armen entrissen, aber deiner Hand kann es nicht entzogen werden. Ich weiß nicht, in welchen finstern Wäldern, in welcher Räuberhöhle es sich befindet; aber dein Auge sieht es, wo es auch ist. Ich kann ihm nichts Gutes und Liebes mehr erweisen, aber du und nur du allein kannst es erhalten. Du hörest ja das Schreien der jungen Raben; o höre auch das Flehen dieses Kindes, das gewiß weint und wimmert und sich nach seiner Mutter sehnt! – Mir und meinem lieben Gemahl aber gib die Gnade, diesen Verlust zu ertragen! Obwohl zunächst Unvorsichtigkeit und Bosheit der Menschen uns den kleinen Engel geraubt haben, so ließest doch du es zu. Du fügtest es so; dir will ich mein Kind mit vertrauendem, wiewohl blutendem Herzen zum Opfer bringen. Ich weiß es gewiß, auch dieser Schmerz wird mir unter deiner Leitung einmal zum Heile sein.« So tröstete sich die trauernde Mutter.

Margareta aber war ohne allen Trost. Sie fiel der Gräfin zu Füßen, und bat sie um Verzeihung. »Ach,« sagte sie, die Hände ringend, »wenn ich das Kind mit meinem Blute aus den Händen der Räuber befreien könnte, ich wollte gern den letzten Tropfen vergießen. Lasset mich hinrichten; ich will gerne sterben.« Die Gräfin verzieh ihr. »Deine aufrichtige Reue verdient Vergebung,« sprach sie, »es soll dir kein Leid geschehen. Du siehst aber, wie gut ich's meinte, wie weise mein Befehl war; du hast nun erfahren, was Ungehorsam, Leichtsinn, Hang zu Lustbarkeiten für großes Unglück anrichten können. Unser aller Freuden auf dieser Welt sind nun für immer dahin, wie die Rosen hier, die welk und entblättert auf dem Boden umherliegen.«

Nachdem, die Gräfin dich von dem ersten Schrecken erholt und vernommen hatte, das Kind sei erst vor ein paar Stunden geraubt worden, so schickte sie sogleich eine Menge Leute aus, es aufzusuchen. Ein Bote nach dem andern kam wieder zurück. Margareta lief jedem entgegen, und weinte immer aufs neue, sobald sie schon von weitem seine trostlose Miene sah. Endlich kam auch der letzte, ohne die geringste Spur von dem Kinde entdeckt zu haben, und Margareta weinte sich fast die Augen aus. Nach und nach wurde sie zwar ruhiger; allein sie war immer sehr blaß und ging umher, wie ein Schatten. Jedermann hatte Mitleiden mit ihr. Auf einmal verschwand sie, und kein Mensch wußte, wo sie hingekommen war.

Viertes Kapitel.

Die Räuberhöhle.

Eine Zigeunerin, ein altes, häßliches Weib, mit pechschwarzen Haaren und gelbbraunem Gesichte, hatte das Kind geraubt. Das Weib gab sich, leichtgläubige Menschen zu betrügen und zu bestehlen, mit Wahrsagen ab. Unter diesem Vorwande war sie schon früher einmal in das Schloß gekommen und hatte alle Gelegenheiten wohl ausgekundschaftet. Sie stand mit dem ältesten der drei Musikanten im Einverständnisse, und während dieser mit lärmender Musik alle Leute im Schlosse in die untere Stube lockte, war die Zigeunerin durch ein kleines Thürlein in der Gartenmauer, das der Gärtnerjunge aus Unachtsamkeit offen gelassen hatte, in den Schloßgarten, und auf einer wenig besuchten Wendeltreppe in das Zimmer des Kindes geschlichen, hatte das Kind und was sie sonst in der Geschwindigkeit zusammenraffen konnte, genommen, und war damit durch den Garten schnell in den nahen Wald entflohen.

Dort verbarg sie sich mit dem Kinde in ein Dickicht, bis es völlig Nacht war. In der finstern Nacht machte sie sich auf, und trug das Kind weiter. Sie ging auf lauter abgelegenen, heimlichen Wegen. Mit Lebensmitteln hatte sie sich hinreichen versehen. Den Tag über versteckte sie sich wieder in dichtes Gesträuch, oder in das Korn. So wanderte sie viele Meilen weit fort, bis ins Gebirg. Hier befand sich, tief unter der Erde, eine schauerliche Höhle, die ein Teil eines eingegangenen, halbverschütteten Bergwerks war. Der Eingang dazu war von Felsentrümmern und verwachsenen Dornen so gut versteckt, daß ihn nicht leicht ein Mensch finden konnte. Nachdem die Zigeunerin lange durch Gestein, Dorngesträuch und Brombeerstauden gekrochen war, kam sie an eine eiserne Thüre, zu der sie den Schlüssel hatte. Sie öffnete die Thüre und kam durch einen langen Gang, der fast eine Stunde währte, endlich in die Höhle.

Diese Höhle war der Aufenthalt von Räubern. Hier verbargen sie sich, um vor der strafenden Gerechtigkeit sicher zu sein. Hier verwahrten sie in großen schweren Kisten ihre geraubten Schätze – eine Menge prächtiger Kleider und kostbarer Geräte, Gold und Silber, Edelsteine und Perlen. Die Räuber, furchtbare Männer, mit trotzigen Gesichtern und rauhen Bärten, saßen, als die Zigeunerin mit dem Kinde ankam, eben beisammen, tranken, rauchten Tabak und spielten mit Karten. Sie hatten eine große Freude, als sie vernahmen, dieses Kind sei der junge Graf Heinrich von Eichenfels, und sie überhäuften die Zigeunerin mit Lobsprüchen über den gelungenen Raub. Ein solches Kind vornehmer Eltern in ihre Gewalt zu bekommen, hatten sie schon lange gewünscht. »Du hast dich trefflich gehalten, alte Großmutter!« sagte der Räuberhauptmann. »Nun sind wir vollkommen sicher. Wird einmal einer von uns gefangen, und will man ihm ein Leid thun, so droht er nur, daß wir übrigen dann dieses Kind, gemäß unserer Abrede, schrecklich zu Tode martern würden. Da wird man seiner gewiß schonen, oder ihn vielleicht gar gehen lassen.« Der Hauptmann befahl hierauf der Zigeunerin, die den Räubern kochte und die Hauswirtschaft führte, wohl für das Kind zu sorgen, damit es doch gewiß am Leben bleibe.

In dieser schauerlichen Höhle kam nun das holde Knäblein zur Vernunft und lernte reden. Die Erinnerungen aus seiner ersten Kindheit erloschen. Es wußte nichts mehr von der Sonne, dem Monde, der ganzen schönen Erde Gottes. Kein Strahl des Tages fiel je in diese Wohnung des Schreckens. Nur eine Lampe, die Tag und Nacht brannte, hing von dem dunklen, rußigen Gewölbe der Höhle herab, und erhellte mit ihrem trüben, roten Schimmer die rauhen Felsenwände. An Lebensmitteln war kein Mangel. Die Räuber brachten Brot, Fleisch, Gemüse und besondern solche Speisen, die sich leicht aufbewahren ließen, und auch Wein im Überflusse. Ein großes Faß mit Wasser in einer Ecke der Höhle, das sie von Zeit zu Zeit frisch auffüllten, vertrat in dieser unterirdischen Haushaltung die Stelle des Brunnens. Da sie das Wasser aber weit holen mußten, so ging die Zigeunerin sehr sparsam damit um, und schärfte es dem Kleinen sehr ein, den Hahn immer wohl zu schließen. Eine Streu von Binsen, die jedoch mit prächtigen Teppichen bedeckt war, diente den Räubern zum Nachtlager.

Die Zigeunerin ließ dem Kleinen nichts abgehen. Sie gab ihm reichlich zu essen; allein sie unterrichtete ihn gar nicht im Guten. Das Kind lernte weder lesen noch schreiben, und hörte aus dem Munde dieser bösen Menschen nie ein Wort von Gott. Nur einer unter den Räubern, Namens Wilhelm, ein Jüngling und der Sohn ehrlicher Eltern, den aber die Lust zum Spielen zu dieser schrecklichen Lebensart verleitet hatte, unterhielt sich gern mit dem Kleinen. Auch brachte er ihm, so oft er heimkam, etwas mit, ihm einen klei-

nen Zeitvertreib zu machen. Er schenkte ihm allerlei von Holz aus-
geschnitzte, schönbemalte Figuren, die Abbildung einer Schäferei
mit vielen Schafen, nebst Schäfer und Schafhund, eines Gartens mit
allerlei Bäumen, an denen gelbe und rote Früchte hingen, einen
kleinen Spiegel und andere dergleichen Spielwerke für Kinder.
Einmal kaufte er ihm eine kleine Fl&öuml;te und lehrte ihn ein
Liedchen darauf spielen; ein anderes Mal brachte er ihm einen Bund
gemalter Blumen und lehrte ihn, selbst Blumen aus Papier auszuschneiden, sie zusammenfügen und mit allerlei Farben bemalen.
Der Kleine beschäftigte sich auf diese Art manche Stunde. Das liebste aber aus allen seinen Spielsachen war dem Kinde ein kleines
Bildnis seiner Mutter, das die Zigeunerin in dem Schlosse entwendet hatte. Es war unvergleichlich schön und lieblich gemalt, in Gold
und Kristall gefaßt, und ringsum mit Diamanten besetzt. Die Zigeunerin ließ es ihm aber nur hie und da auf eine kurze Zeit, wenn
sie besonders guter Laune war.

Wilhelm betrachtete das Bild öfter, gedachte seiner eigenen Mutter und wischte sich eine heimliche Thräne aus dem Auge. »Armes
Kind,« sagte er bei sich selbst, »es war doch grausam, dich einer
solchen Mutter vom Herzen hinweg zu reißen. O wie ganz anders
würdest du es bei ihr gehabt haben, als hier, in diesem schauerlichen Aufenthalte! – Und deine gute Mutter, wie wird sie um dich
weinen! Könnte ich dich in ihre Arme zurückbringen, wie gern
würde ich es thun! Aber ich selbst bin wie ein Gefangener! Hundert
Male wäre ich schon entlaufen, wenn meine vorgeblichen Freunde
mir getraut und mich nicht immer so sorgfältig bewacht hätten!«

Er führte mit dem Knaben allerlei Gespräche, erzählte ihm mancherlei, das dem Kleinen Freude machte, und seinen Verstand
weckte; allein von Gott und Ewigkeit durfte er nicht mit ihm reden;
das hätten die übrigen Räuber nicht gelitten, weil sie sich vor allem
scheuten, was ihr Gewissen aufwecken konnte.

Fünftes Kapitel.

Versuch zu entrinnen.

Da der Knabe etwas älter wurde, war er sehr neugierig zu wissen, wo die Männer denn immer hingingen. Er bat sie öfter, ihn mitzunehmen. Allein sie wiesen ihn allemal kurz und ab, und vertrösteten ihn auf ein anderes Mal. Einst waren sie wieder auf den Raub ausgezogen. Die alte Zigeunerin, die gar nicht mehr gut zu Fuß war und immer zurückblieb, war dem muntern Knaben eine traurige Gesellschaft. Sie war immer sehr grämlich und saß, wegen ihrer triefenden Augen, oft stundenlang hinter einem grünen Lichtschirm und flickte altes Leinenzeug oder zählte Geld, ohne ein Wort zu reden. Dann schlief und schnarchte sie wieder mehrere Stunden in einem fort.

Als sie nun wieder einmal fest eingeschlafen war, faßte der Knabe Mut, zündete eine Wachskerze an, ging in dem dunklen Gang, durch den die Räuber allemal fortgezogen, immer weiter und weiter, und kam endlich an die eiserne Thüre. Es gelang ihm aber nicht, sie zu öffnen, indem sie mit einem schweren Schlosse fest verschlossen war. Traurig kehrte er zurück. Allein der Gang, durch den er gekommen war, hatte mehrere schmale Nebengänge, in denen man stundenweit unter der Erde umher gehen konnte. Der Kleine ging in den ersten Gang, den er im Zurückgehen bemerkte, hinein. Nachdem er lange Zeit gegangen, und seine Kerze bereits ausgebrannt und am Erlöschen war, schien es ihm, als sähe er in weiter Ferne ein brennendes Licht. Voll Neugierde ging er darauf zu. Das rötlich strahlende Licht wurde immer größer und endlich so groß, daß es ihm als eine feurige, aufrechtstehende Gestalt vorkam. Er aber ging immer mutig vorwärts, und stand endlich an einem Felsenriffe, durch den die Morgenröte herein schien, und durch den man bequem in das Freie hinaus gehen konnte, – und mit einem Sprunge war der hocherfreute Knabe hinaus.

Wie es ihm aber war, als er diesem dunklen, unterirdischen Aufenthalte entronnen, nun das erste Mal unter Gottes schönem, blauen Himmel in einer prächtigen Gegend voll waldiger Berge dastand – das kann keine Zunge aussprechen. Es war ein herrlicher Sommermorgen. Die Sonne wollte eben aufgehen, und der Morgenhimmel glänzte wie Glut, und auf Wald und Gebirg schwebte ein rötlicher

Duft. Der Boden war überall mit Gras und Blumen bedeckt; die Vögel sangen. Unten im Thale ruhte ein heller See, in dem sich das Morgenrot und die grünen Gipfel der Berge umher mit wunderbarer Klarheit abspiegelten.

Der Knabe war wie vom Blitz getroffen. Er war vor Erstaunen außer sich; es war ihm, als sei er aus einem langen, tiefen Schlaf erwacht, und er taumelte wie schlaftrunken. Er konnte nur schauen; er fand lange keine Worte, sein Erstaunen auszudrücken. Endlich rief er: »Wo bin ich doch hingekommen? Wie weit, wie unermeßlich weit ist es um mich her! O wie schön, wie herrlich ist alles!« Und dann staunte er wieder eine hohe Eiche oder einen Felsen voll grüner Tannen, oder den spiegelhellen See, oder einen blühenden Strauch voll Waldrosen an.

Jetzt ging über einem entfernten Tannenhügel zwischen goldenen Wolken die Sonne auf. Der Kleine sah mit starrenden Augen hin; ihm war es, ein Feuer lodere empor und er meinte wirklich, die Wolken, die er das erste Mal sah, fingen an zu brennen. Unverwandt sah er hin – bis endlich die Sonne, von leichtem Morgenduft wie von einem zarten Flor bedeckt, golden, rund und schön über den Hügeln schwebte. »Was ist doch das? Welch ein wunderbares Licht!« rief der Knabe, und stand noch immer voll Verwunderung mit starrenden Blicken und ausgestreckten Armen da – bis er endlich, von dem zunehmenden Glanze geblendet, die Augen wegwenden mußte.

Hierauf ging er ein wenig umher; er getraute sich aber kaum weiter zu gehen, aus Furcht, die schönen Blumen zu zertreten, mit denen der Boden überall wie besäet war. Auf einmal erblickte er ein junges Lamm, das sich unter einem blühenden Rosenstrauche gelagert hatte. »Ei, ein Lamm, ein Lamm!« rief er freudig. Er eilte hin und faßte es an. Das Lamm regte sich, stand auf und blökte. Der Kleine fuhr erschrocken zurück. »Was ist das?« rief er. »Das lebt ja! Es kann gehen, es hat eine Stimme! Die meinigen sind alle stumm und tot und keines rührt sich. Welch ein Wunder! Wer hat ihm doch das Leben gegeben?« Er wollte sich mit dem Lamm in ein Gespräch einlassen; er that allerlei Fragen an das Tierchen – und ward zuletzt ärgerlich, daß es nur immer mit dem nämlichen unverständlichen Schrei antwortete.

Jetzt kam ein junger Hirt, ein schöner blühender Jüngling mit roten Wangen und gelben Haaren, herbei, der das Lamm vermißt und gesucht hatte. Er hatte dem Kleinen schon lange zugesehen, und wußte nicht, was er von ihm halten solle. Der Knabe erschrack zuerst über den Anblick des Jünglings. Da der Jüngling ihn aber sehr freundlich grüßte, so faßte der Kleine Mut. »O wie schön bist du!« sprach er zu dem Jünglinge. »Und sag' mir doch,« fuhr er fort, indem er mit weit ausgebreiteten Armen auf Himmel und Erde deutete, »gehört diese große, große weite Höhle dir? Darf ich nicht hier bei dir und bei deinem Lamme bleiben?« Der Jüngling verstand das Kind nicht, und meinte Anfangs, es sei verrückt. Er fragte es, wie es hieher gekommen sei. Als nun der Kleine sagte, er sie aus dem Boden herausgekrochen, und dann von der alten Großmutter und den bärtigen Männern erzählte – da wurde es dem Hirten unheimlich; es kam ihn eine große Furcht an. Er nahm indes den Knaben doch voll Mitleids auf den einen Arm, faßte sein Lamm unter den andern, und eilte so schnell davon, als setzten ihm die Räuber schon auf dem Fuße nach.

Sechstes Kapitel.

Die Einsiedelei.

In dem Gebirge lebte ein alter, sehr ehrwürdiger Einsiedler, der über achtzig Jahre zählte, und wegen seiner Weisheit und Frömmigkeit, unter dem Namen Vater Menrad, weit umher berühmt war. Zu diesem dachte der Hirtenjüngling das gefundene Kind zu bringen. Die Einsiedelei, zu der es nicht sehr weit war, lag an der Seite eines Berges, nächst dem See, und glich einem Paradiese. Die kleine, mit Rebenblättern überkleidete und mit einem bemoosten Schilfdache bedeckte Klausnerhütte stand zwischen schattigen Furchtbäumen, mitten in einem Garten voll der schönsten Blumen und Kräuter. Hinter der kleinen Hütte erhob sich ein Weinberg, und seitwärts zog sich ein schmales Kornfeld längs dem Berge hin. Und wo sonst noch zwischen den Felsen ein übriges Plätzchen war, stand ein Baum, der die herrlichsten Früchte, oder wenigstens ein Strauch, der köstliche Beeren trug. Auf einem Felsen, der sich weit über den See hinausbog, ragte die Kapelle mit spitzigem Türmlein empor und eine Treppe, die in den Felsen eingehauen war, führte dazu hinauf.

Der ehrwürdige Greis saß, als der Jüngling das vergitterte Pförtchen des Gartens öffnete, und mit dem Knaben herein kam, eben auf einer hölzernen Bank unter einem Apfelbaume, wo man die prächtigste Aussicht über den See hatte. Ein großes Buch, in dem er sehr andächtig las, lag vor ihm auf dem Tische. Die wenigen Haare, die seinen kahlen Scheitel umgaben, und sein großer Bart waren weiß wie Schnee, seine Wangen aber noch blühend rot, wie die Wangen eines Jünglings.

Mit treuherziger Leutseligkeit stand er auf, grüßte beide, hörte die Erzählung des Jünglings mit freundlicher Aufmerksamkeit an, und fragte den Knaben um seinen Namen, indem er ihn voll des innigsten Mitleids auf seine Arme nahm. Er ahnete bald, das Kind sei vornehmen Eltern von den Räubern geraubt worden. »Laß den Kleinen bei mir«, sagte er zu dem Jünglinge, »und sagte für jetzt noch keinem Menschen davon. Ich hoffe, seine Eltern sind noch aufzufinden, und hier ist er indes gegen die Nachstellungen der Räuber am besten geschützt. Sie fliehen meine Zelle wie das Feuer. Gold und Silber ist bei mir nicht zu holen, und guten Rat und heilsame Ermahnungen, die freilich oft mehr wert sind als Gold und Silber, hassen sie.« Zu dem Knaben aber sprach er: »Sei mir herzlich gegrüßt, lieber Heinrich! Ich will dein Vater sein und für dich sorgen, bis ich dich deinem Vater und deiner Mutter wieder zurückgeben kann. Nenne mich von nun an nicht anders, als Vater.«

Der Alte bewirtete hierauf seine Gäste mit Milch und Brot. Nachdem der Jüngling sich erquickt hatte, ergriff er seinen Hirtenstab, um zu seiner Heerde zurück zu kehren. Der Kleine wollte das nicht zugeben. Er weinte und hielt ihn am Kleide. Allein da der Jüngling versprach, bald wieder zu kommen, und ihm das Lamm schenkte, so gab er sich zufrieden, und zeigte über das Geschenk, das in seinen Augen einen unermeßlichen Wert hatte, eine ganz ungemeine Freude.

Siebentes Kapitel.

Die Sonne und die Blumen.

Da der Jüngling fort war, setzte der mitleidige Greis den Knaben, um sich in ein Gespräch mit ihm einzulassen, neben sich auf die Bank. »Lieber Heinrich,« fing er an, »weißt du denn gar nichts von deinem Vater und von deiner Mutter?«

»O ja,« sagte Heinrich, »ich habe eine schöne Mutter – hier in meiner Tasche. Da sieh einmal!« Er zog das kleine Bildnis heraus, das er zu sich gesteckt hatte, und das in einem schönen Futteral von rotem Saffian wohl verschlossen war. Der arme Kleine hatte das Bildnis seiner Mutter noch nie am Sonnenlichte gesehen. Er erstaunte jetzt über die Klarheit und Schönheit desselben, und über den Glanz der blitzenden Diamanten, die es umgaben, vergingen ihm die Augen.

»Wie es doch bei dir so helle ist!« sprach er. »Aber sag' mir nur,« fuhr er fort, und zeigte auf die Sonne, »wer hat denn die schöne, goldene Lampe da droben angezündet, die alles ringsumher so hell macht? Ich kann sie nicht einmal ansehen vor Glanz. Die in unserer Höhle war dagegen nur trüb und armselig. – Und wie kommt's denn, daß sie immer und immer höher hinaufrückt? Als ich sie zuerst sah, kam sie hinter den Bäumen hervor, und in kurzer Zeit war sie schon so hoch droben, daß ich sie nicht mehr hätte erreichen können, wenn ich auf dem höchsten Baume gestanden wäre. Wie ist doch dies gemacht, daß sie so frei schwebt, und sich so bewegt? Man sieht doch nirgends eine Schnur. Was treibt sie denn? Und wer steigt wohl da hinauf, frisches Öl nachzugießen?«

Vater Menrad sagte ihm, daß man dieses große, schöne Licht die Sonne nenne, und daß es wohl schon tausendmal länger, als der kleine Heinrich lebe, immer so laufe und in einem fort so brenne, ohne eines Tropfen Öls zu bedürfen.

»Das begreife ich nicht« sagte Heinrich. »Aber was du da für wunderschöne Blumen hast!« fing er wieder an, und stand auf und sprang zu den Beetchen hin, deren jedes einem vollen Blumenkorbe glich. »O wie unvergleichlich schön rot, gelb und blau sie bemalt sind! Und wie alle die unzähligen Blättchen so schön und zart, eines wie das andere, ausgeschnitten sind! Und aus was wohl alle diese

Blättchen sein mögen? Papier ist dies keines, ja Seide ist nichts da-gegen. Sag', hast du alle diese Blumen gemacht? O da mußt du lan-ge gebraucht haben! In einigen sind gar unbeschreiblich feine und zarte Fäserchen. Da gehört eine feine Schere dazu und scharfe Au-gen. Ich habe wohl auch schon Blumen gemacht, aber so schön kann ich's nicht.«

Menrad sagte, daß kein Mensch eine solche Blume machen kön-ne, und daß sie alle von selbst aus der Erde gekommen seien. Allein Heinrich wollte das nicht glauben. »Das kann gar nicht sein«, sprach er; »da will ich doch viel lieber glauben, du habest sie ge-macht.« Der Greis zeigte dem Knaben die zierliche Samenkapsel der gefüllten Mohnblume, schüttelte ihm die winzigkleinen, runden Körnlein auf die Hand und sagte ihm, in jedem solchen Körnlein stecke eine Menge solcher großen purpurroten Blumen, die daraus hervorkämen, wenn man die Körnlein in die Erde lege; und so seien auch alle übrigen Blumen aus ähnlichen kleinen Körnlein gekom-men. Der Knabe sah den Greis an, ob das sein Ernst sei, und sprach: »Aus einem solchen winzig kleinen Kügelein sollte eine so große, schöne Blume kommen? Da müßte ja ein solches Körnlein unend-lich künstlicher eingerichtet sein, als die künstlichste goldene Ta-schenuhr.« – »Das ist es auch«, sagte Menrad. »Aber wer hat denn das Körnlein gemacht?« sagte der Kleine. »Es wäre, dünkt mich, doch noch leichter, alle die Blumen zu machen, als ein einziges sol-ches Körnlein!«

Er betrachtete die Blumen auf's neue, ging immer von einem Blumenbeetchen zum andern und konnte sich nicht satt daran se-hen. Indes wurde es ihm an der Sonne zu heiß. »Was diese Lampe für eine Hitze hat!« rief er. »Sie ist so weit weg, und macht einem doch so warm! Es ist ein wunderbares Licht!« Menrad führte den Kleinen wieder unter den Apfelbaum, der bereits Bank und Tisch lieblich beschattete. »Da ist es doch recht kühl und angenehm,« sagte Heinrich, indem er zum Baume aufblickte. »Der Baum ist gerade wie ein grüner Schirm, der nicht nur gegen das zu heftige Licht, sondern auch gegen die Hitze schützt. Wie groß er ist und wie viele tausend Blättchen er hat! Der Stamm ist, wie ich sehe, wohl aus Holz gemacht. Aber doch glaube ich bald nicht mehr, daß du diese unzählige Menge von Blumen und Blättern gemacht ha-best. Das Stück Arbeit wäre doch gar zu groß!«

Achtes Kapitel.

Kräuter und Bäume.

Indes ging der Greis in die Hütte und besorgte ein kleines Mittagsmahl. Er brachte zuerst Milch und Brot und dann für den Knaben Butter und Honig, und ein niedliches Körblein voll der schönsten Äpfel; für sich aber Wurzeln und Kräuter, eine große, goldgelbe Melone und etwas roten Wein in einer hellen, gläsernen Flasche. Heinrich ließ es sich recht gut schmecken, und sagte zu dem Greise: »Aber wo nimmst du denn alle die guten Sachen? Ziehst du bisweilen auch auf den Raub aus?«

Vater Menrad erzählte ihm unter dem Essen, wie wunderbar alles gewachsen ist. »Sieh',« sagte er, da er eben nach einem Apfel griff, ihn für Heinrich zu schälen und zu zerschneiden, »diese Äpfel hier im Körbchen bekam ich von diesem Baume. Aus den dünnen Zweiglein des Baumes kommen von Zeit zu Zeit ganze Körbe voll solcher schöner Äpfel hervor.« – »Ist das aber auch wahr?« sagte Heinrich, indem er Menrad bedenklich ansah. Vater Menrad nahm den Knaben auf den Arm, beugte einen Ast herab, und zeigte ihm die kleinen, grünen Äpfelein. »Siehst du nun,« sagte er, »wie sie aus den Zweiglein hervor kommen. Sie werden nun immer größer und größer, zuletzt so groß, und so schön gelb und rot wie diese hier in dem Körbchen. Der ganze große Baum selbst aber«, sagte Menrad, indem er den Apfel zerschnitt, »kam aus einem solchen kleinen Kernlein, wie hier an dem Messer eines hängt. Ich habe diesen Baum da noch als ein solches Kernlein gekannt. In einem jeden solchen Kerne steckt ein solcher Baum, ja wohl eine unzählige Menge solcher Bäume. Ja aus einem einzigen Kernlein könnte man so viele Äpfel bekommen, daß sie die Welt nicht fassen würde, und daß ein Mensch, wenn er tausend Jahre lebte, sie nicht zählen könnte.«

»Auch das Brot hier kommt aus ähnlichen Körnlein,« fuhr Menrad fort, indem er dem Knaben einige Getreidekörnlein zeigte, die er aus der Hütte mitgebracht hatte. »Es ist da, wie mit dem Apfelkern oder dem Samenkörnlein der Blumen. Aus einem einzigen solchen Getreidekörnlein könnte wir viele tausend solche Brote bekommen, wie das hier auf dem Tische.« Menrad beschrieb es ihm ausführlich, wie das zugehe, und zeigte während des Gespräches auf sein reiches Kornfeld, wo man vor kurzem nichts als Erdschollen gesehen habe. Heinrich sprang hin und fand zu seiner großen Freude bereits in jeder Ähre kleine Körnlein.

»Und so,« beschloß Vater Menrad, »ist es mit allen grünen Gewächsen, die du weit und breit umher erblickest. Alle, das Gras hier zu unsern Füßen, die blühenden Rosengesträuche dort, die unzähligen Kornähren und die Reben, die dort die Hütte und den Hügel über der Hütte bedecken, die ungeheuren Eichen und Fichten dort auf dem Berge und das kleine Moos hier am Stamme des Apfelbaumes – grünten und blühten aus solchen Körnlein auf, oder können wenigstens daraus gezogen werden. Alles, was du hier auf dem Tische erblickest, Milch und Butter, die aus Gras kommen, der Honig, der aus Blumen bereitet wird, das nahrhafte Brot und der stärkende Wein; alle die Kräuter und Wurzeln und Früchte hier, die Kresse, der Rettich, die große schöne Melone; auch die Zweige, aus denen diese netten Fruchtkörblein geflochten sind, das Holz, aus dem Teller und Becher gedreht werden, ja sogar Tisch und Bank haben wir solchen kleinen Körnlein zu danken. Ich brauche sie nur in die Erde zu legen, um hier einen Apfelbaum, und dort hunderttausende von Ähren aus der Erde hervorkommen zu machen, und so meinen Aufenthalt, der vorhin eine Wüste war, mit allem, was schön ist, reichlich auszuschmücken, und an Allem, was zum Leben notwendig ist, Überfluß zu haben.«

Dem Knaben waren dies lauter Wunderdinge. Wie er vorhin alles vor Erstaunen anschaute, so höchst erstaunt hörte er jetzt der Erzählung des Einsiedlers zu.

Neuntes Kapitel.

Die Quelle und der Regen.

Indes neigte sich die Sonne zum Untergange; die Blumenbeete des Gartens lagen im Schatten. Einige Blumen, die Menrad vorzüglich liebte, waren an der Sonnenhitze etwas welk geworden. Obwohl er auf baldigen Regen hoffte, so wollte er dennoch aus weiser Vorsicht wenigstens seine Lieblingsblumen etwas begießen. Er nahm seine Gießkanne, führte den Knaben an der Hand und ging zur Quelle, die reichlich aus einem großen, mit Moos bewachsenen Felsen hervorbrach.

Heinrich schlug vor Erstaunen die Hände zusammen. »Welch eine Menge Wasser das ist,« rief er, »die da aus dem Steine herausrinnt! Alle Augenblicke meine ich, es müsse aufhören und immer fließt es gleich stark fort. Wer hat doch die Menge Wasser oben hineingegossen, und wo nimmt man Wasser genug her, nachzufüllen? – Du solltest die Öffnung verschließen und das Wasser mehr sparen; sonst geht es dir aus.« Menrad sagte ihm, daß dieses Wasser wohl schon so lange, als die Sonne leuchte, in einem fort ohne Aufhören da heraus fließe, niemals abnehme und keines Auffüllens bedürfe. Er sagte ihm, daß der ganze See, den Heinrich für einen ungeheuer großen Spiegel angesehen hatte, nichts sei, als lauter Wasser. Das waren dem Kleinen wieder neue Wunder.

Menrad kehrte mit der gefüllte Kanne zurück, und fing an, seine Blumen zu begießen. »Ach, was machst du da?« sagte Heinrich, »da verdirbst du ja deine Blumen; jetzt wird die Farbe abgehen.« Menrad sagte lächelnd, daß Blumen und Kräuter, Kornhalme und Reben, Sträuche und Bäume, die auch auf eine gewisse Art lebten, das Wasser so notwendig hätten, als der Mensch das Trinken. »Aber,« sagte Heinrich, »wer kann denn allen diesen Gewächsen genug Wasser zutragen? Wer steigt da hinauf und begießt die Bäume hoch dort droben auf der Spitze jenes Berges?« Menrad sagte ihm: »Dafür ist schon gesorgt. Auf welche Art, siehst du vielleicht eher, als wir denken!« fügte er noch hinzu, indem er nach dem Gewölbe blickte.

Nach einer Weile kam wirklich eine Wolke über den Berg her, und es fing an, erst sehr sanft und dann sehr stark zu regnen. Das war für Heinrich abermals eine wunderbare Erscheinung. »Das ist eine gute Einrichtung,« sagte er; »sie erspart dir viele Arbeit. Das

Wasser fällt so schön, in tausend und tausend Tropfen herab, als käme es aus einer Gießkanne. – Aber wer ließ denn diese Wolke, wie du das wunderliche Ding nennest, kommen? Wer brachte das Wasser da so hoch hinauf? Wie kommt's doch, daß diese Wolke so frei schwebt, und nicht herunterfällt?« – »Das sollst du schon noch hören!« sagte Menrad. Der Kleine sah aber dem Gewölke noch lange zu, bis es sich verzog und der Himmel wieder hell und blau wurde.

Unter dem Anstaunen lauter neuer Gegenstände unter Freude und Bewunderung kam dem Knaben der Tag sehr schnell herum. Denn hundert Dinge, die andere Menschen aus Gewohnheit gleichgültig ansehen – ein goldgrünes Käferlein, das auf einem Rosenblatte saß; ein gestreiftes Schneckchen, das nach dem Regen am Baumstamme hinaufkroch; die funkelnden Tropfen, die gleich Diamanten an allen Blättchen hingen; eine Grasmücke, die auf einem Baumzweige ihr herrliches Abendlied anstimmte, und dann munter von Baum zu Baum flog; die Ziegen des Einsiedlers, die gegen Abend aus den Bergen zurückkamen – waren dem Kleinen höchst wundervolle Erscheinungen, und gaben Anlaß zu mancherlei Fragen und Antworten.

Endlich ging die Sonne jenseits des Sees unter. »O weh«, rief Heinrich erschrocken, »jetzt taucht sich die Sonnenlampe dort in das Wasser; dann lischt sie aus, und alle unsere Freude hat ein Ende. Wenn wir gleich eine Lampe anzünden – die wird uns in diesem großen, weiten Raum wenig helfen.«

Vater Menrad beruhigte ihn. »Hab' keine Sorge«, sprach er. »Jetzt gehen wir bald schlafen. Dazu brauchen wir kein Licht. Bis wir ausgeschlafen haben, kommt die Sonne dort auf der entgegengesetzten Seite zwischen jenen Bergen wieder herauf. So lauft sie, ohne nur einen Augenblick stille zu stehen, beständig im Kreise umher, und erleuchtet und erwärmt alles.«

Zehntes Kapitel.

Die wichtigste Frage und die richtigste Antwort.

Heinrich kam auf seine alten Fragen zurück, die der weise Mann mit Vorsatz nicht sogleich beantwortet, sondern vielmehr die Wißbegierde des Knaben noch immer mehr gereizt hatte. »Ja, was macht denn«, fragte er wieder, »daß die Sonne immer so lauft? Und wer hat dieses große, schöne Gewölbe da oben gebaut, und es so schön blau bemalt? Wer hat das viele Wasser in jenen Felsenstein dort eingeschlossen, daß es so reichlich und ohne Aufhören herausfließt? Wer leitet den Lauf der Wolken, daß sie so frei in der Luft herbei schweben, und alle Gewächse mit so unzähligen funkelnden Tropfen befeuchten? Wer lehrte die Vögel, ohne daß sie eine Flöte haben, so schöne Lieder spielen? Wer hat Blumen und Bäume in so kleine Körnlein verborgen, daß sie, an Ort und Stelle, wo wir es haben wollen, herauskommen, den Boden weit und breit mit einem Teppiche von Gras und Blumen bedecken, und uns mit so herrlichen Geschenken überhäufen? Wer hat alles so schön eingerichtet?«

»So meinst du denn wirklich,« sagte Vater Menrad, »daß jemand sei, der diese schöne Einrichtung gemacht habe?«

»O ja freilich,« sagte Heinrich, »das ist ganz gewiß. Wer daran zweifeln wollte, müßte ja gar keinen Verstand haben. Die Männer in der Höhle mußten lange arbeiten, wenn sie dieselbe nur ein wenig vergrößern wollten. Einmal wollte die Höhle gar einfallen, und da hatten sie viele Mühe, sie zu stützen. Und an diesem schönen, großen Gewölbe sieht man nicht einmal einen Pfeiler! Unsere Lampe in der Höhle zündete sich nicht von selbst an, und wenn wir nicht im Finstern sitzen wollten, mußten wir wohl auf sie achthaben, und immer frisches Öl nachgießen. Und das Wassergefäß mußte auch immer frisch gefüllt werden, wenn wir nicht Durst leiden wollten. Was eine einzige Blume auszuschneiden für Mühe kostet und was für ein richtiges Augenmaß man haben müsse, weiß ich gar gut. Daß dieß alles, was wir hier herum erblicken, nicht von Menschenhänden könne gemacht sein, begreife ich wohl. Wer aber *derjenige* sei, der dieses alles gemacht habe, das möchte ich eben wissen.«

Jetzt, als der Knabe von der Größe, Schönheit und weisen Einrichtung der Welt so lebhaft gerührt, und von der Menge der Wohlthaten, die überall seinen Blicken begegneten, gleichsam überwältigt war, und von Wißbegierde brannte, inne zu werden, wer denn dieser große Wohlthäter sei, von dem alles herrühre – jetzt war der Augenblick gekommen, da der ehrwürdige Greis zu dem Knaben von Gott, von Gottes Allmacht, Weisheit und Güte reden konnte. Mit tiefer Ehrfurcht, mit gerührter Stimme, mit Augen voll Thränen sagte ihm der Greis, daß Heinrich recht habe, daß Einer sei, der dieses alles gemacht habe, und daß man diesen Allmächtigen, Allweisen, Allgütigen, der alle Dinge hervorgebracht und der auch den Menschen das Leben gegeben habe – Gott, unsern lieben Vater im Himmel, nenne.

Wie es dem Knaben diesen Morgen gewesen, als ihm die Sonne das erste Mal aufging und mit ihren lieblichen Strahlen alles rings umher vergoldete – so, ja noch wunderbarer war es ihm jetzt zu Mut. Der Gedanke an Gott ging gleichsam als eine Sonne in seinem Innern auf, die von innen heraus erleuchtete und erwärmte, und ihm die ganze Welt umher in einem schönern, freundlichern Lichte, als einen Inbegriff von unzähligen Wohlthaten eines liebevollen Vaters sehen ließ.

»Ja, liebes Kind,« fuhr Menrad fort, als er die Rührung des Knaben bemerkte, »Gott ist derjenige, der alles, was du siehst, gemacht hat. Er hat jenes schöne, blaue Gewölbe, das wir Himmel nennen, gebildet. Er hat die Sonne angezündet, und leitet ihren Lauf; nicht nur enthüllt sie uns die Wunder seiner Werke und leuchtet uns bei unsern Geschäften; an ihren warmen Strahlen werden auch die Früchte reif und ausgekocht, wie die Speisen an dem Feuer. Er läßt reichliches Wasser aus der Erde hervorquellen und aus den Wolken herabtröpfeln, uns zu tränken und alles zu erfrischen. Er breitete auf unserm Fußboden den farbigen Teppich von Gras und Blumen aus. Er gab den Blumen Farbe und Wohlgeruch. Er gibt uns aus der rauhen Erdscholle reichliches Brot, und läßt aus den Bergen köstlichen Wein für uns hervorrinnen. Er beladet die Äste der Bäume mit Früchten aller Art; er läßt uns in den grünen Thälern gleichsam Bäche von Milch fließen, und Felsen und hohle Bäume von Honig triefen. Er schuf den Baum, der uns mit seinem Schatten kühlt, und mit seinem Holze wärmt. Er lehrt die Vögel ihre Lieder, mit denen sie uns erheitern. Er bekleidete das Lamm, das hier zu deinen Füßen ruht, mit zarter Wolle, aus der dein und mein Kleid gemacht ist. Er gibt uns alles, was wir zur Wohnung und zum Nachtlager bedürfen. Er macht alles so schön, damit wir Freude an seinen Werken haben, und ihn lieben, und dereinst zu ihm kommen möchten – in noch viel schönere Gegenden, als du hier um uns her erblickest, wo wir dann bei ihm noch größere Freuden haben werden. Und obwohl wir ihn jetzt noch nicht sehen können, so sieht er doch uns überall, und hört jedes unserer Worte, und weiß sogar unsere Gedanken. Mit ihm können wir jeden Augenblick reden. Er leitet alle unsere Schicksale. Er erlöste dich aus jener Höhle und ließ dich auf den Armen zu mir hieher tragen. Er ist unser größter Wohlthäter, unser bester Freund, unser liebreichster Vater.«

Heinrich hörte dem frommen Greis mit der größten Aufmerksamkeit und mit gerührtem Herzen zu, und verwandte kein Auge von ihm. Es war unter diesem Gespräche Nacht geworden, ohne daß der Kleine darauf geachtet hätte. Der Mond, der vorhin als ein kleines, kaum bemerkbares Wölklein am Himmel schwebte, leuchtete jetzt im reinsten Glanze, und stand, von unzähligen, hellfunkelnden Sternen umgeben, hoch über dem See. Der See glich einem hellen Spiegel und man glaubte darin einen zweiten Himmel mit Mond und Sternen zu entdecken, und in die Unendlichkeit zu blicken. Kein Blättchen der Bäume umher regte sich; es herrschte eine feierliche Stille. Ein neues, noch nie empfundenes Gefühl, das Gefühl der Andacht, der Anbetung, der Nähe Gottes regte sich in Heinrichs Herzen. Und nun faltete der ehrwürdige Greis die Hände und blickte zum Himmel und betete dem Knaben vor – und auch der Kleine erhob seine Händchen das erste Mal zum Himmel und sprach ihm jedes Wort nach. Die Thränen flossen dem guten Knaben reichlich über die Wangen, daß der Gott, den er bisher nicht kannte, ihm dennoch schon so viel Gutes erwiesen habe. Und als der Greis das Gebet vollendet hatte, setzte Heinrich zur großen Freude des frommen alten Mannes aus eignem Antriebe noch hinzu: »Ich danke dir auch noch, lieber Gott, daß du mich aus meiner finstern Höhle befreit und zu diesem guten Manne geführt hast, der mir so viel Schönes und Erfreuliches von dir erzählte.«

Vater Menrad nahm hierauf den Knaben bei der Hand, und führte ihn in seine Zelle. Hier machte er ihm ein Nachtlager von weichem Moose, über das er einen Teppich breitete, und deckte den Knaben mit seinem eigenen Mantel zu.

Elftes Kapitel.

Eine Reise ins Gebirg.

Vater Menrad behielt den Knaben den Sommer über bei sich, um ihn noch mehr zu unterrichten, und ihm manche Ausdrücke und Unarten abzugewöhnen, die er unter jener schlimmen Gesellschaft angenommen hatte. Auch dachte er, hier bei der einfachen Nahrung und der gesunden Bergluft werde der Kleine, den der Aufenthalt in der unterirdischen Wohnung sehr blaß gemacht hatte, sich am besten erholen, und seine Eltern würden dann eine desto größere Freude haben. Heinrich fing auch bald an, wieder aufzublühen, schön und hold wie eine Rose am Strahle der Morgensonne.

Gegen Mitte des Herbstes beschloß Vater Menrad, der ehemals weit umher gekommen war, und viele Städte gesehen hatte, seinen Wanderstab noch einmal zu ergreifen und unter die Menschen zurückzukehren, um die Eltern des Kindes aufzusuchen. Er hatte den Vater jenes Jünglings, der den Knaben zu ihm gebracht hatte, einen frommen und klugen Landmann, der tiefer im Gebirge wohnte, ersucht, den Knaben zu sich zu nehmen, bis er ihn wieder abholen würde. Dahin wollte er den kleinen Heinrich zuerst bringen.

An einem schönen, heitern Herbstmorgen, als kaum der Morgenstern aufgegangen war, weckte er den Kleinen, ging mit ihm zur Kapelle, und verrichtete ein inbrünstiges Gebet, daß Gott diese Reise segnen wolle. Nachdem sie hierauf ein Frühstück genommen, und sich mit Lebensmitteln auf die Reise versehen hatten, machte Menrad sich auf den Weg, und Heinrich begleitete ihn voll Freude. Sie gingen lauter einsame Fußsteige, die nur von Alpenhirten und Gemsjägern besucht wurden. Gegen Mittag kamen sie an eine Felsenwand, an der hoch über ihnen Ziegen kletterten. Hier setzten sie sich in den Schatten, um auszuruhen und ein kleines Mittagsmahl zu halten.

Der Knabe des Ziegenhirten kam herbei, dem ehrwürdigen Vater Menrad die Hand zu küssen. Der kleine Heinrich sprang auf und schrie voll Verwunderung laut: »Je, ein kleiner Mensch, wie ich! O das ist schön! Das hab' ich noch gar nicht gewußt, daß es noch mehrere kleine Menschen gebe; ich glaubte, ich sei der einzige auf Erden. O, nicht wahr, du gehst mit uns?« Der Hirtenknabe erbot sich, dem Vater Menrad die Reisetasche zu tragen. Sie gingen mit einander weiter und Heinrich redete mit dem Hirtenknaben so angelegentlich, daß er beinahe auf sonst nichts mehr achtete.

Hierauf kamen sie in ein kleines grünes Thal zwischen hohen Felsen, wo eine Herde Schafe weidete, die eben dem Manne gehörte, zu dem Menrad reiste. Heinrich hatte über ein paar kleine Lämmchen, die erst einige Tage alt waren, eine ganz unbeschreibliche Freude, und streichelte sie unter allerlei süßen Benennungen.

Indes schaute sich der Greis nach dem Hirten um. Seitwärts unter einem überhängenden Felsen, aus dem eine kleine Quelle hervorbrach, sah er ein Hirtenmädchen sitzen, das in einer Hand den Hirtenstab, und in der andern, zu seiner Verwunderung, ein Buch hielt, und ganz in das Lesen vertieft schien. Er ging zu ihr hin. Sie war weiß gekleidet, und hatte einen grünen Hut auf. Ihre Gesichtsbildung war sehr sanft, und in ihren Mienen bemerkte man eine stille Schwermut. Sie hatte den Vater Menrad noch nie gesehen; allein sie erkannte ihn sogleich aus der Beschreibung, stand auf und grüßte ihn freundlich und mit sichtbarem, freudigem Vertrauen.

Menrad sagte zu ihr: »Du mußt diese Herde noch nicht lange weiden. Als ich den Mann, dem sie gehört, kürzlich sprach, sagte er mir nichts von dir.« Sie antwortete, daß sie schon mehrere Jahre im Gebirge die Schafe hüte; allein in den Dienst dieses guten Mannes sei sie erst vor drei Tagen gekommen. »Woher bist du denn,« fragte er weiter, »und warum bist du so traurig?« Das Mädchen brach sogleich in Thränen aus. »Ach,« sagte sie, »ich bin weit her. Eine jugendliche Unbesonnenheit hat mich in das größte Unglück gestürzt. Ich war bei einer sehr guten Herrschaft im Dienste; aus Leichtsinn ließ ich ihr einziges, liebenswürdiges Kind nur einen Augenblick allein. Da ward es von Räubern entwendet. Vor Jammer und Traurigkeit konnte ich es bei meiner guten Frau nicht mehr aushalten, und ihre Leiden nicht mehr ansehen, und flüchtete mich ins Gebirg. Hier lebe ich nun in dieser Einsamkeit, und bete täglich zu Gott, er wolle das Unheil, das ich anrichtete, wieder gut machen, das Kind wieder an das Tageslicht bringen, und den unbeschreiblichen Jammer der Mutter wieder in Freude verwandeln. Gott wird sich ja doch meiner Thränen erbarmen, die nur er und diese Felsen hier fließen sehen!«

Vater Menrad sagte mit gerührter Stimme: »Ich denke, Gott hat dein Gebet diesen Augenblick erhört.« Er zog das Bildnis von Heinrichs Mutter hervor, das er, um die Mutter leichter zu entdecken, mit auf die Reise genommen hatte, zeigte es dem Mädchen und sprach: »Kennst du dieses Bild?« Das Mädchen schrie vor Schrecken und Freude laut auf: »O Gott! das ist das Bildnis der Gräfin von Eichenfels, der Mutter des geraubten Kindes!«

Auf den Schrei des Mädchens kam der kleine Heinrich herbei gesprungen. Er betrachtete die neue Gestalt mit starren Augen, und sagte voll Mitleids: »Was weinst du und was fehlt dir? Bist du vielleicht hungrig? Sieh, da hast du Brot und zwei Äpfel! Nimm und iß!«

Menrad aber sprach zu dem Mädchen: »Sieh! dieser Kleine ist das Kind, das zugleich mit dem Bildnisse geraubt wurde.« Da war es dem Mädchen nicht anders, als bräche der Freudenschrecken ihr das Herz. Sie sank auf die Kniee und rief mit hoch zum Himmel erhobenen Händen: »Ja, guter, barmherziger Gott, du hast mein Gebet, das ich Tag und Nacht zu dir hinauf schickte, erhört! O sieh jetzt auch meinen Dank gnädig an! Du siehst ihn, obwohl ich ihn nicht aussprechen kann.« Und hierauf umarmte sie den kleinen Heinrich unter heißen Thränen. »O grüß dich Gott, liebster Heinrich,« sagte sie; »so hat dich denn Gott uns wieder geschenkt! O bist du es denn wirklich, oder träume ich nur? – Ja, du bist es; du siehst deinem Vater so ähnlich, wie ein Tautropfen dem andern! O wie wird sich deine Mutter freuen! O freue dich doch auch, sieh, wir gehen jetzt zu deinem Vater und deiner Mutter!«

Vater Menrad wischte sich eine Thräne ab, und sagte: »Sei gepriesen, guter Gott! Deine heilige Vorsicht waltet sichtbar über diesem Kinde. Du trocknest die Thränen dieser armen Jungfrau, die ohne Unterlaß zu dir hinauf weinte. Du schenkest guten Eltern ihr innig geliebtes Kind wieder. Du krönest sogleich meine ersten Tritte mit Segen und ersparest mir altem Manne lange Nachforschungen. Deine Huld und Erbarmung sei ewig gepriesen!«

Menrad ging hierauf mit Heinrich und Margareta zur Hütte des braven Bauern, die nur ein halbes Stündchen entfernt war. Der kleine Ziegenhirt, der Menrads Reisetasche trug, übergab sie Margareta, und übernahm es, einstweilen ihre Schafe zu hüten.

»Ist dies mein Vater und meine Mutter?« fragte Heinrich, als Bauer und Bäuerin ihnen an der Hüttenthüre voll Freundlichkeit entgegen kamen, und es war ihm sehr leid, als er hörte, sie seien es nicht. »Sie sind so freundlich!« sagte er. »Mein Vater und meine Mutter können nicht freundlicher sein. Ich wäre gleich bei ihnen geblieben.« Menrad, Heinrich und Margareta aßen hier einiges Wenige; dann setzten sie, von dem Hirtenjünglinge, dem Sohne des guten Hausvaters, begleitet, ihre Reise weiter fort. Gegen Abend kamen sie aus den Bergen herab in ein weites Thal, und nahmen ihre Nachtherberge in einem großen Dorfe. Mit Anbruch des Morgens fuhren sie auf einem Bauernwagen, den der wackere Jüngling gut zu lenken wußte, ab, in der Hoffnung, etwa in drei Tagen in Eichenfels einzutreffen.

Zwölftes Kapitel.

Der unerwartete Besuch.

Den ersten Tag ließ sich die Reise gut an. Das Fahren, und die vielen Ortschaften, Schlösser und Dörfer, die an dem Wagen gleichsam vorbeiflogen, machten dem kleinen Heinrich eine ganz ungemeine Freude, und so oft er wieder ein Ritterschloß auf einem entfernten Berge erblickte, fragte er allemal, ob das nicht Eichenfels sei.

Allein gegen Abend des andern Tages kamen sie an einen dichten Wald. Die Wege waren so schlecht, daß es kaum durchzukommen war. Dazu erhob sich ein fürchterlicher Sturmwind, und der Regen stürzte in Strömen herab. Die Nacht brach herein, und es wurde sehr finster. Sie waren genötigt, in einem Wirtshause mitten im Walde, der wegen Räubereien sehr verschrieen war, zu übernachten. Indes aßen sie hier zu Nacht und begaben sich bald zur Ruhe, um morgen recht frühe aufbrechen zu können. Müde von der Reise schliefen sie schnell ein; nur Menrad, der den kleinen Heinrich zu sich in die Kammer genommen hatte, blieb noch auf, und kniete bis gegen Mitternacht an dem Tische, an dem ein Kerzenlicht brannte, und las und betete.

Da entstand plötzlich ein großer Lärm vor dem Hause. Mehrere rauhe Männerstimmen ließen sich hören. Es wurde mit Gewalt an die Hausthüre und Fensterladen gepocht. Alles im Hause fuhr erschrocken aus dem Schlafe auf. Vater Menrad trat aus seiner Kammer. »Ach Gott!« rief ihm Gretchen entgegen, »ich fürchte, es sind die Räuber und wollen uns den jungen Grafen wieder nehmen.« Menrad befahl ihr zu schweigen und ging hinunter. Auch die Wirtsleute schienen sehr erschrocken und sagten, sie getrauten sich nicht, die Thür zu öffnen. Die Männer draußen polterten aber in einem fort, und drohten, die Thür zu erbrechen.

Menrad, der ein Mann voll Mutes war, sagte: »Die Thür kann uns nicht schützen; Gott aber wird unser Schutz und Schirm sein. In seiner Hand sind wir alle. Laßt uns sehen, ob wir mit den Männern nicht gütlich zurecht kommen können.«

Er öffnete die Thür; vier baumstarke bewaffnete Männer mit Bärten traten trotzig herein, und einer derselben trug eine brennende Pechfackel. »Wir müssen alle Stuben und Kammern des Hauses in

Augenschein nehmen,« sagten sie; »unser Gebieter wird mit mehreren Leuten sogleich nachkommen, und das ganze Haus muß ihm zu Gebote stehen.« Menrad fragte, wer denn ihr Gebieter sei? – und ihre Antwort versetzte ihn in ein eben so großes, als angenehmes Erstaunen. Es war Graf Friedrich von Eichenfels, Heinrichs Vater. Der Graf habe, erzählten diese seine Dienstleute, nachdem er gar schwer verwundet, von seiner Wunde aber wieder hergestellt worden, das Heer nicht verlassen, sondern mitstreiten wollen, bis der Friede erkämpft wäre. Der Friede sei nun zu stande gekommen, und der Graf sei wirklich mit ihnen und seinen übrigen Leuten, die nicht an der türkischen Grenze begraben worden, auf dem Heimwege.

Die Nachricht, daß es Friede sei, erfüllte alles mit Freude. Alle im Hause beeiferten sich, die braven Krieger zu bedienen. Diese wurden auch sehr freundlich und zutraulich, und entschuldigten ihr voriges ungestümes Betragen mit der schlechten Witterung. In einem solchen schrecklichen Sturm und Platzregen, sagten sie, sei es auch einem Krieger zu verzeihen, wenn er um Mitternacht nicht gern lange vor der Hausthür stehen möge. Auch erzählten sie, sie hätten sich in dem finstern Walde verirrt, und das Haus sicher nicht gefunden; allein das brennende Licht habe ihnen zum Leitstern gedient, und ihnen wieder auf den rechten Weg geholfen.

Der kleine Umstand, daß die brennende Kerze, bei der Menrad noch so spät betete, den Grafen hieher leitete, war für den frommen Greis, der es gewohnt war, in allem die Spuren der göttlichen Vorsehung zu sehen, sehr rührend, und er dankte Gott herzlich für diese glückliche Fügung.

Dreizehntes Kapitel.

Freude eines edlen Vaters.

Indes kam der Graf an, ein großer, ansehnlicher Mann, von sehr edler Gesichtsbildung und einnehmendem, sanftem Betragen. Er nahm den alten Vater Menrad sogleich mit sich auf sein Zimmer, hieß ihn niedersitzen, befahl von seinem eigenen Weine zu bringen, schenkte dem edlen Greise das erste Glas ein, trank auf seine Gesundheit, und hieß ihn nach altdeutscher Sitte mit dem Glase anstoßen.

»Seid mir von Herzen willkommen, ehrwürdiger Vater!« sagte der Graf. »Nach einem solchen Ritte und bei solchem stürmischen Wetter unter Dach und in eine warme Stube zu kommen, ist angenehm. Aber der Anblick Eures frommen, treuherzigen Gesichtes ist mir noch lieber und thut mir recht im Herzen wohl – und ich muß Euch nur sogleich mein ganzes Herz öffnen. Alle meine Leute sind, wie Ihr seht, fröhlich und guter Dinge, weil es nach vielen blutigen Auftritten wieder der Heimat zugeht. Allein ich, ihr Anführer –wie es denn in dieser Welt oft so geht –bin wohl der einzige Traurige unter ihnen. Ich fürchte, es steht bei mir zu Hause nicht alles so recht, wie es sein soll! Meine Gemahlin ist zwar gesund und wohl. Wegen meines einzigen Sohnes aber bin ich sehr bekümmert. Meine Gemahlin schrieb mir schon lange Zeit her nichts Bestimmtes von ihm, und erst in ihrem letzten Schreiben meldete sie mir, ich werde ihn in dieser Welt wohl nicht mehr sehen. –Ihr seid mit vielen Rittern bekannt, Vater Menrad; denn Ihr waret vor Zeiten auch ein tapferer Kriegsmann. Ihr seid eben auf der Reise, und vielleicht weit herum gekommen. Wißt Ihr nicht, wie es in Eichenfels steht? Wenn Ihr mir keine gute Auskunft geben könnet, so gebt mir wenigstens Trost.«

Vater Menrad antwortete mit dem fröhlichsten Gesichte von der Welt: »Da kann ich Euch die allerbesten Nachrichten geben. Euer Sohn ist gesund und der liebenswürdigste Knabe, den ich in meinem Leben gesehen habe.« – »Ihr kennt ihn?« rief der Graf sehr begierig. »O sehr wohl!« sagte Menrad. »Indes hat sich mit dem Kinde, während Ihr im Felde waret, allerlei zugetragen.« Menrad erzählte dem erstaunten Grafen alles, was er von der Geschichte des Kindes wußte. Er zeigte ihm, zur Bestätigung des Erzählten, das schöne Bild der Gräfin. »Ja, das ist sie,« sagte der Graf, »nach dem Leben getroffen. Ob sie wohl jetzt noch so blühend aussieht? Ach, die arme Frau hat vieles, vieles ausgestanden! – Aber wo ist der Knabe denn jetzt?« – »Hier im Hause!« sagte Menrad. »Hier im Hause!« rief der Graf, und fuhr auf, daß der Stuhl umstürzte. »O warum hast du mir diese denn nicht sogleich gesagt, alter Vater? Auf der Stelle führe mich zu ihm!«

Menrad nahm das Kerzenlicht vom Tische, und der Graf folgte ihm in die Kammer an das Bett seines Sohnes. Der Kleine schlief so sanft, wie die Unschuld, und sah so schön aus, wie ein Engel. Der Graf konnte ihn an dem Glanze des Lichtes nicht genug betrachten. »Da trifft es wohl recht zu,« sagte Menrad, »Gott gibt seinen Kindern ihr Glück im Schlaf.« Dem Grafen aber traten die Thränen in die Augen. »Mein Gott«, sagte er, »als ich in den Krieg zog, war er ein weinendes Kindlein, und jetzt ist er ein holder Knabe. O meine gute, liebevolle Gemahlin! Jetzt erst verstehe ich deine Briefe, und danke dir für die zarte Schonung, mit der du mir einen unermeßlichen Jammer erspartest. Heinrich, liebster Heinrich,« rief er hierauf und nahm den Knaben bei der Hand, und küßte ihn sanft, »wache auf, sieh, dein Vater ist da!« Der kleine Heinrich rieb sich die Augen, starrte seinen Vater an, und konnte nicht sogleich aus dem Schlafe kommen. »Du bist es?« sagte er endlich voll Freude und mit dem freundlichsten Lächeln. »O grüß dich Gott, liebster Vater! Ist meine Mutter auch bei dir?« Der Graf nahm den Kleinen in seine Arme, und weinte die süßesten Thränen. »Gottes heilige Vorsicht hat dich wunderbar gerettet, liebes Kind,« sprach er. »Ich kann Gott nicht genug danken, daß er dich mir wieder schenkte.« – »Ich auch nicht,« sagte Heinrich. »O der gute Gott; er ist doch gar so liebreich und freundlich gegen uns, daß er uns solche große Freuden macht.« Der Graf war höchst erfreut und hatte, als der Knabe erst vollends wach und munter geworden, über dessen natürliche lebhafte Antworten und Fragen ein Entzücken, das gar nicht zu beschreiben ist. »O Menrad,« sagte er, »wie vielen Dank bin ich Euch schuldig! Meine ganze Grafschaft wäre zu wenig, Euch für den Unterricht, den Ihr dem Knaben gegeben habt, zu belohnen.«

Margareta war indes auch in die Kammer gekommen und stand schüchtern in der Ferne. Der Graf grüßte sie freundlich, bot ihr die Hand, und sprach ihr Mut ein. »Aber die Räuber,« fuhr er mit großem Unwillen fort, »sollen mir ihre Missethaten schwer büßen!« Er gab noch in der Nacht den Beherztesten seiner Leute Befehle und Vollmachten, sie in ihren Schlupfwinkeln aufzusuchen, und gefangen nach Eichenfels zu bringen. Dann sprach er wieder mit seinem Sohne, und wäre die ganze Nacht bei ihm aufgeblieben, wenn Menrad ihn nicht erinnert hätte, daß sie alle des Schlafes bedürften, um morgen bei Zeit, und frisch und fröhlich in Eichenfels einzutreffen.

Vierzehntes Kapitel.

Die getröstete Mutter.

Die gute, edle Gräfin lebte indes auf ihrem Schlosse Eichenfels voll Traurigkeit und Bekümmernis. Sie hatte die Friedensbotschaft sogleich vernommen, und hoffte nun ihren Gemahl bald zu sehen. Sie brach aber darüber in Thränen aus. »Ach, du mein Gott,« sprach sie, »ich bin doch recht unglücklich! Was alle Welt mit Freuden erfüllt, macht mir unaussprechlichen Jammer. Jede arme Söldnersfrau freut sich auf die Zurückkunft ihres Mannes – und ich kann an die Ankunft meines Gemahls nicht ohne Schrecken denken. Ach, welch ein Jammer wartet auf ihn: wie werde ich ihm die schreckliche Geschichte von dem Verluste des Kindes beibringen! O für uns beide schlägt in dieser Welt wohl keine freudige Stunde mehr!«

Es war ihr immer ganz unbeschreiblich bange. Sie fand nirgends Rast und Ruhe. Sie ging bald von einem Zimmer in das andere, bald in die Schloßkapelle, bald in den Garten. Wo sie ging und stand, betete sie in ihrem Herzen zu Gott. Im Gebete, in dem Gedanken, daß Gott alle Schicksale der Menschen lenke, und die verworrensten Begebenheiten zu einem glücklichen Ausgang leiten könne, fand sie allein Beruhigung.

»Du guter Gott,« sagte sie, da sie sich eben wieder in die dunkelste Laube des Gartens zurückgezogen und lange schmerzlich geweint hatte, »o erbarme dich doch meiner, erbarme dich meines Gemahls, mache du dieser meiner schrecklichen Qual ein Ende; denn du kannst es allein! O laß unser Wiedersehen in Freude sein. Du hast aus den weisesten Absichten Vater und Mutter und Kind von einander getrennt und weit in der Welt zerstreut; o schenke uns unser liebes Kind wieder und führe uns alle drei wieder zusammen! Du hast schon unzählige Thränen getrocknet; o trockne auch die meinigen! Du bist ja der Allbarmherzige, und Leid in Freude zu verwandeln, ist dein liebstes Geschäft. O Vater, Vater, liebster Vater! so sündig ich bin, so bin ich doch auch deine Tochter und darf dich Vater nennen, und nenne dich auf das Geheiß deines Sohnes getrost Vater. O du liebst mich gewiß mehr, als ich mein Kind! O höre, höre mich, und verstoße dein Kind, deine Tochter nicht, die keine andere Zuflucht hat, als dich.«

Indem sie so betete, hörte sie einen Fußtritt. Sie blickte auf, und sieh, Margareta, die eben mit der übrigen Gesellschaft angelangt war, kam den langen düstern Bogengang des Gartens herab, gerade auf die Laube zu. Ein Strahl der Hoffnung fiel in das Herz der Gräfin, als sie Margareta erkannte, und das heitere Gesicht des Mädchens erblickte; es war ihr, als sähe sie einen Engel des Himmels. »O beste, gnädige Gräfin,« fing Margareta an, »ich bringe Euch die fröhlichsten Nachrichten von Eurem lieben Heinrich. Er lebt – und bald werdet Ihr ihn wieder sehen.« Margareta hatte kaum angefangen zu erzählen, so trat Vater Menrad in die Laube, um die Gräfin auf die Ankunft ihres Sohnes und Gemahls vorzubereiten. Der kluge Mann wußte alles sehr weislich einzulenken. Die Gräfin war nun voll freudiger Hoffnung, ihren Gemahl und ihren Sohn in einigen Tagen zu sehen, und führte Vater Menrad in das Zimmer, das sie einst mit Heinrich bewohnt hatte.

Als sie nun die Thüre öffnete, sieh, da eilte ihr Gemahl mit ihrem Sohne Heinrich auf dem Arme ihr entgegen. Sie konnte nichts als die Worte hervorbringen: »O, mein Gemahl! O, mein Kind!« und sank dem Grafen in die Arme. Sie weinte lange sprachlos, und benetzte bald das Angesicht ihres Kindes, bald das ihres Gemahls mit den süßesten Thränen. »Nun will ich gern sterben,« sagte sie endlich, »da ich dies noch erlebt habe! O wie wunderbar weiß doch Gott alles zu lenken. Ich zitterte, dir, liebster Gemahl, ohne unsern lieben Heinrich entgegen kommen zu müssen, und nun bringst du im ersten Augenblick des Wiedersehens ihn mir auf deinen Armen entgegen! – O Gott, in meinem ganzen Leben kann ich dir nicht genug danken, daß du diese schreckliche Geschichte so freudig geendet hast. Mein Leben lang will ich in keinem Leiden mehr verzagen. Du weißt am Ende alles recht zu machen. – O mein Heinrich, was für ein lieber Knabe bist du indes geworden! O mein Gemahl, welch' ein seliges Wiedersehen hat Gott uns allen dreien bereitet! Er hat uns alle drei von einander getrennt; er hat uns wunderbar wieder zusammengeführt. Ihm sei Anbetung, Lob und Dank!« Alle drei weinten Thränen der Freude und des Dankes gegen Gott; Margareta weinte mit, und auch Vater Menrad konnte, innigst bewegt, sich der Thränen nicht enthalten.

Nachdem sich die erste ungestüme Freude etwas gelegt hatte, fing Heinrich an, der Mutter seine Geschichte zu erzählen. Er that es mit großer Lebhaftigkeit und die Mutter mußte bald weinen und bald lächeln. Besonders lebendig schilderte er den Augenblick, wie es ihm war, da er durch den Felsenriß das erste Mal in die Welt eintrat. Mit noch mehr Freude und Rührung sprach er aber von jenem unvergeßlichen Augenblicke, da Vater Menrad ihm das erste Mal von Gott sagte, und es standen ihm, während er redete, immer die hellen Thränen in den Augen.

»Wahrhaftig,« sprach der Graf, »ich wünschte bald, meine Kindheit auch in einer solchen Höhle zugebracht zu haben. Wir sind des Anblicks der herrlichen Werke Gottes zu gewohnt. – O, daß wir Gottes Werke auch so, wie Heinrich, auf einmal und nachdem wir bereits zur Vernunft gekommen, erblicken könnten, welchen übererwältigenden Eindruck würden sie auf uns machen! Du guter Gott, wie würden wir über deine Macht erstaunen, deine Weisheit bewundern, uns deiner Güte freuen! Wie würden wir es bei dem Anblicke deines schönen Himmels und deiner wundervollen Erde fühlen: Was so zu Herzen geht, muß aus irgend einem liebevollen Herzen kommen!«

Die Gräfin sagte: »Wie es dem guten Heinrich war, als er aus seinem unterirdischen Aufenthalte das erste Mal auf Gottes schöne Erde herauf kam, so wird es uns einmal sein, wenn wir aus diesem Erdenleben in den Himmel versetzt werden. Denn ich denke, wie Heinrichs Spielzeuge – jene Blumen und Lämmer und Bäume, an denen er in seiner Höhle doch manche Freude hatte – nur sehr unvollkommene Abbildungen dieser herrlichen Werke Gottes selbst waren, so mögen wohl alle sichtbaren Schönheiten und alle Freuden dieser Welt kaum ein Schatten gegen die Schönheiten und Freuden des Himmels sein. Nur die Freude auf Erden, unsere Geliebten nach langer schmerzlicher Trennung wiederzusehen, mag uns ein wahres Vorgefühl geben von jener Freude des Himmels, unsere verstorbenen Freunde dort wiederzusehen; denn wirklich fühle ich mich in dieser Stunde des Wiedersehens so selig, als wäre ich bereits in dem Himmel!«

Der ehrwürdige Vater Menrad sprach: »Ich finde die Empfindungen des edlen Herrn Grafen und der frommen Frau Gräfin schön und erbauend. Allein die eigentliche Lehre, die uns in Heinrichs Geschichte vor Augen gelegt wird, bleibt diese: Die Weisheit, Güte und Freundlichkeit Gottes leuchten aus Himmel und Erde so klar und deutlich hervor, daß sogar ein Kind die Spuren davon wahrnehmen und den Schöpfer in den Geschöpfen erkennen kann.«

Fünfzehntes Kapitel.

Das Gute belohnt, das Böse bestraft.

Nach einigen Tagen kamen die Leute des Grafen mit der Räuber-
bande, die sie glücklich in der Höhle beisammen gefunden hatten,
in Eichenfels an. Die Räuber waren alle zu zwei und zwei mit Ketten zusammen geschlossen. Ein Wagen mit Kisten, worin sich lauter
geraubte Kostbarkeiten befanden, folgte dem Zuge, und zu oberst
auf dem Wagen saß die alte Zigeunerin. Die Räuber hatten den
entronnenen Knaben gar nicht aufgesucht; denn da sie die eiserne
Thüre fest verschlossen fanden, und der Felsenriß, durch den er
entkam, ihnen unbekannt war, weil ein höchst baufälliger, gefährli-
cher Gang, in den sie sich nie hinein gewagt hätten, dahin führte, so
glaubten sie, Heinrich sei entweder in einen der unermeßlich tiefen
Abgründe des alten Bergwerkes gefallen, oder von einem einge-
stürzten Gange lebendig begraben worden.

Die Räuber waren daher sehr erstaunt, als sie bei ihrem Einzige in
Eichenfels den jungen Grafen neben seinem Vater unter dem
Schloßthore stehen sahen, und sie konnten gar nicht begreifen, wie
er durch die eiserne Thüre heraus gekommen. »Wie glaubten,«
brummte der Hauptmann voll Verdruß, »kein Mensch in der Welt
sei uns an List gewachsen, und nun muß uns sogar ein Kind überlis-
ten, und uns in Ketten und Bande bringen. Das ist sehr ärgerlich.
Nun sehe ich es aber doch ein, was ich niemals glauben wollte:
Wenn der Dieb reif ist, so holt ihn ein hinkender Büttel ein.« Jener
Musikant mit dem Hackbrette, der sich auch unter ihnen befand,
sprach bei sich selbst: »Wir raubten dieses Kind, damit es uns dereinst zur Rettung dienen möge; allein, nun gereicht gerade dieses
Kind uns zum Untergange. Die Leute mögen wohl recht haben, die
da sagen: Wer Böses thut, findet am Ende immer, daß er sich ver-
rechnet habe.« Wilhelm, der Jüngling, der gegen den kleinen Heinrich immer so freundlich und gefällig gewesen, und kein ganz ver-
dorbenes Gemüt hatte, sagte: »Das hat Gott so gefügt, daß der Kleine entkam, und ich freue mich, daß er lebt, obwohl das mein Tod
sein wird. Gott zeigt auch hier wieder seine Macht, die Unschuld zu
retten und die Schuldigen zu strafen. Nun geht an uns allen in Er-
füllung, was einmal mein seliger Vater gesagt und was mir meine
Mutter oft wiederholt hat: Wenn sich der Böse auch in den Mittel-
punkt der Erde verkriechen könnte, so wüßte ihn Gottes strafende

Gerechtigkeit doch zu finden und ihn zur verdienten Strafe zu ziehen.«

Als Heinrich den armen Wilhelm in seinen Ketten unter den Räubern erblickte, ging es ihm sehr zu Herzen, und er bat seinen Vater inständig, den armen Menschen, der ihm so viel Gutes erwiesen habe, doch kein Leid zu thun. Der Graf sagte, er könne für jetzt noch nichts versprechen; er werde ihn aber so gelinde behandeln, als es in seiner Macht stehe. Da sich bei dem Verhöre fand, daß der junge Mensch niemals Blut vergossen, und mehr der Diener der Räuber, als selbst ein Räuber gewesen sei, so wurde er zwar nicht hingerichtet, aber dennoch zum lebenslänglichen Gefängnisse verurteilt. Der Graf milderte aber die Strafe dahin, daß er so lange, bis er hinreichende Beweise von aufrichtiger Besserung gegeben habe, in ein Arbeitshaus geschickt werden solle, dann aber zu den Seinigen zurückkehren dürfe. »Sieh,« sagte der Graf zu ihm, als man ihn abführte, »wie nichts Böses unbestraft bleibt, so wird alles Gute belohnt. Die Linderung deiner Strafe hast du deiner Freundlichkeit gegen meinen Sohn zu danken. Ja, was du meinem Kinde gethan hast, will ich dir an deiner armen Mutter vergelten. Halte dich gut und mache, daß ich dich bald zu ihr zurück senden könne.«

Die übrigen Räuber bekamen indes alle den blutigen Lohn, den sie durch ihre blutigen Thaten verdient hatten. Die Zigeunerin kam auf immer in das Zuchthaus. Das geraubte Gut wurde den Eigentümern, die man noch entdecken konnte, zurückgegeben; das übrige wurde zur Stiftung eines Waisenhauses verwendet. Der Graf gab dazu, aus Dankbarkeit gegen Gott, eine große Summe Geldes und die fromme Gräfin all ihren Schmuck.

Margareta blieb in den Diensten der Gräfin, wie vorher, und hatte nun nach langem Leiden auch wieder frohe Tage. Den Gärtnerjungen Görge hatte man wegen seines Leichtsinnes und seiner Nachlässigkeit längst fortjagen müssen; er hatte sich überdies noch dem Trunke und andern Schlechtigkeiten ergeben, und war in seinen schönsten Jugendjahren bereits an der Auszehrung gestorben. Der Jüngling aus dem Gebirge reiste, von dem Grafen reichlich beschenkt, wieder zu seinen Eltern zurück.

Den guten Vater Menrad hätte der Graf gern für immer auf seinem Schlosse behalten. Er blieb zwar einige Zeit; allein er ließ sich nicht bewegen, seine Einsiedelei ganz mit dem gräflichen Schlosse zu vertauschen. »Ich will den Rest meiner Tage vollends Gott widmen,« sagte er, »und das glaube ich am besten in der Einsamkeit thun zu können. Ich habe lange genug in der Welt gelebt, und weiß aus Erfahrung, was an ihr ist. Sich auf die bessere Welt vorbereiten, ist das beste, was wir in dieser Welt thun können.« Der ehrwürdige Greis segnete bei dem Abschiede, der sehr traurig war, den Grafen, die Gräfin, und den kleinen Heinrich, der sich fast nicht von ihm wollte trennen lassen. Die gräfliche Familie begleitete den guten Mann herab unter das Schloßthor an den Wagen. Er stieg ein, blickte alle noch einmal liebreich an, und sprach noch, bevor der Wagen abfuhr: »Lebet wohl und der Friede Gottes sei mit euch. Im Himmel sehen wir uns wieder.«

Über tredition

Eigenes Buch veröffentlichen

tredition wurde 2006 in Hamburg gegründet und hat seither mehrere tausend Buchtitel veröffentlicht. Autoren veröffentlichen in wenigen leichten Schritten gedruckte Bücher, e-Books und audio-Books. tredition hat das Ziel, die beste und fairste Veröffentlichungsmöglichkeit für Autoren zu bieten.

tredition wurde mit der Erkenntnis gegründet, dass nur etwa jedes 200. bei Verlagen eingereichte Manuskript veröffentlicht wird. Dabei hat jedes Buch seinen Markt, also seine Leser. tredition sorgt dafür, dass für jedes Buch die Leserschaft auch erreicht wird.

Im einzigartigen Literatur-Netzwerk von tredition bieten zahlreiche Literatur-Partner (das sind Lektoren, Übersetzer, Hörbuchsprecher und Illustratoren) ihre Dienstleistung an, um Manuskripte zu verbessern oder die Vielfalt zu erhöhen. Autoren vereinbaren direkt mit den Literatur-Partnern die Konditionen ihrer Zusammenarbeit und partizipieren gemeinsam am Erfolg des Buches.

Das gesamte Verlagsprogramm von tredition ist bei allen stationären Buchhandlungen und Online-Buchhändlern wie z. B. Amazon erhältlich. e-Books stehen bei den führenden Online-Portalen (z. B. iBookstore von Apple oder Kindle von Amazon) zum Verkauf.

Einfach leicht ein Buch veröffentlichen: **www.tredition.de**

Eigene Buchreihe oder eigenen Verlag gründen

Seit 2009 bietet tredition sein Verlagskonzept auch als sogenanntes "White-Label" an. Das bedeutet, dass andere Unternehmen, Institutionen und Personen risikofrei und unkompliziert selbst zum Herausgeber von Büchern und Buchreihen unter eigener Marke werden können. tredition übernimmt dabei das komplette Herstellungs- und Distributionsrisiko.

Zahlreiche Zeitschriften-, Zeitungs- und Buchverlage, Universitäten, Forschungseinrichtungen u.v.m. nutzen diese Dienstleistung von tredition, um unter eigener Marke ohne Risiko Bücher zu verlegen.

Alle Informationen im Internet: **www.tredition.de/fuer-verlage**

tredition wurde mit mehreren Innovationspreisen ausgezeichnet, u. a. mit dem Webfuture Award und dem Innovationspreis der Buch Digitale.

tredition ist Mitglied im Börsenverein des Deutschen Buchhandels.

Dieses Werk elektronisch lesen

Dieses Werk ist Teil der Gutenberg-DE Edition DVD. Diese enthält das komplette Archiv des Projekt Gutenberg-DE. Die DVD ist im Internet erhältlich auf **http://gutenbergshop.abc.de**

Zeitfracht Medien GmbH
Ferdinand-Jühlke-Straße 7
99095 Erfurt, Deutschland
produktsicherheit@kolibri360.de